AF742871

www.ingramcontent.com/pod-product-compliance
Lightning Source LLC
LaVergne TN
LVHW050952051026
849532LV00005B/1802

* 9 7 8 9 3 5 8 7 2 7 8 5 2 *

اجنبی خدا

(شاعری)

بیٹ جنریشن کی پہلی آواز

شمیم انور

Ajnabi Khuda *(Poetry)*
by: Shamim Anwar
Edition: May '2024
Publisher :
Taemeer Publications LLC (Michigan, USA / Hyderabad, India)

ISBN 978-93-5872-785-2

کتاب	:	**اجنبی خدا** (شعری مجموعہ)
مصنف	:	**شمیم انور**
صنف	:	شاعری
ناشر	:	تعمیر پبلی کیشنز (حیدرآباد، انڈیا)
سالِ اشاعت	:	۲۰۲۴ء
صفحات	:	۶۴
سرورق ڈیزائن	:	تعمیر ویب ڈیزائن

۱

اندھیرے کمرے کے گیلے بستر پہ اپنے پیکر کو ،
خول میں کیوں چھپائے رکھتا ،
سڑے اندھیرے کی اس رطوبت میں خود کو کب تک ڈبوئے رکھتا ،
وہ سال خوردہ، وہ چیلتوں کا لباس میں نے اتار پھینکا۔
سید طوبت کے گندے روغن ،
حسین چمڑے کے سارے رشتوں کو چھوڑ آیا ،
کہ ـــــ ناف سے ناف تک کے بندھن کو توڑ آیا

ہزار سورج
ہزار پیکر
ہزار چہروں کے اس نگر میں ۔

یہ کھو کھلے، چلتی چلتی ٹیلوں سے
بسنے والے ہزار کیڑے ،
ہزار مصروفیت کے ہوتے ،

ٹھٹھک کے رکتے ہیں،
رک کے ــــــ ہچکی بھری نگاہوں سے ؛
کتنے ہی حیرتوں کے پتھر اچھال جاتے ہیں ؛
اک عجوبہ سمجھ کے مجھ پر۔

جانے کتنی صدی سے اِنھیں
ہزار سورج
ہزار پیکر
ہزار چہروں میں ڈھونڈتا ہوں ،
وہ ایک سورج
وہ ایک پیکر
وہ ایک چہرہ ــــــ کہ
جس کی نازک ہتھیلیوں پہ
میں کھول دوں اپنی بند مٹھی ۔

مگر یہ احساس ہو رہا ہے

ہزار سورج
ہزار پیکر
ہزار چہروں کے اس نگر میں
میں وقت سے پہلے آ گیا ہوں
وہاں بھی اِک اجنبی خُدا تھا
یہاں بھی اِک اجنبی خُدا ہوں ——

۲

خلا کی گردن ہی دار پر اَب لٹک رہی ہے،
صلیب بے داغ بازوؤں کو لئے کھڑی ہے،
زمینِ کربل کے ہونٹ پر پیڑیاں جمی ہیں،
فرعون بچّوں کو قتل کرنے پر آگیا ہے،
سورماؤں کی ساری تلواریں زنگ کے پیٹ میں گڑی ہیں،
کسی کے بن باس کو ترسنے لگے ہیں جنگل،
وہ رکشا ریکھا، کسی کی کٹیا کے سامنے اب نہیں کھڑی ہے،
ریگ زاروں کی سب سُرابیں، آپ ہی دھوکا کھا رہی ہیں،
برف کی وادیوں سے لے کر،
پہاڑ کی چوٹیوں پہ چھوڑا
اپنے نقشِ قدم کا سرمایہ کھو گیا ہے،
بیکراں ان سمندروں پر سکوت کا راج ہو گیا ہے۔

جمود بر دوش اس فضا میں
مرے ہونٹوں کے بند کمروں میں کسمسانے لگی نگاہیں۔!!

۳

سُلگتے جنگل کی زد میں شاید میں آ گیا ہوں،
گھنے اندھیرے کے شاخ و پتّے
پگھل رہے ہیں،
قطرہ قطرہ میں ڈھل رہے ہیں
گرم قطروں کی یہ لکیریں
مری رگوں میں پھسل رہی ہیں!

ہواؤں کے ناخنی بدن پر
تپے ہوئے سُرخ —— سُرخ ناخن،
رُوحِ بے سایہ کے بدن پر
کہاں، کہاں کس قدر چُبھے ہیں —!

ننھے ننھے سے میرے احساس کے یہ تلوے

سطحِ دریائے آتشیں پر
یا کوہ آتش فشاں کے اُگلے
گرم لاوے پہ پڑ رہے ہیں ——؟
اپنی آنکھوں سے دیکھ لینے کی اپنی خواہش
ہزار ٹانگوں سے چل رہی ہے
میری آنکھیں —— چند لمحوں کے واسطے تم ادھار دیدو !

۴

"کیا تمہیں کچھ خبر بھی ہے ——— کہ
ایک اچھے بھلے شخص نے
ایک اچھے بھلے شخص کو
سامنے والے فٹ پاتھ پر مار ڈالا ہے۔"

اس نے کافی کی ہلکی سی چسکی بھری
اور چہرے پہ حیرت کا جنگل لئے
مجھ کو تکتے ہوئے،
چار مینار سگرٹ کا پھر سے مہورت کیا
اور پھر ———
اپنے منہ سے اُگلتے ہوئے وہ دھواں
مجھ سے کہنے لگا:

"شاید اس شہر میں تم نئے آئے ہو۔"

۵

شرم کی سرحدوں کو چباتے ہوئے
لذتیں موٹی ہوتی گئیں
خواہشوں کا بدن بڑھ گیا
خامشی کی سماعت پہ چبھنے لگیں
الجھی سانسوں کی سرگوشیاں
سُلگی سُلگی توانائی انگڑائی لینے لگی ،
اور قوت سرکتی ہوئی
"چو گئی" ——— !

پھر یوں ہوا
پان کی ایک دوکان کے سامنے والی دیوار پر
ابھریں اک تکون
خود بخود پھیل کر کچھ بڑا ہو گیا ——— !!

٦

سرد برفیلی اک رات تھی ،
اک مسافر تھا بھٹکا ہوا ،
مضمحل مضمحل پُر تھکن ۔
جس کی نظروں کا مرکز بنا
چھپا تا ہوا اِک مکاں
دور کتنے ہی کیلومیٹر دُور پر تھا کھڑا ۔

اس کے قدموں کی بے چین پیاسی زباں
ہانپتی کانپتی، چاٹتی جا رہی تھی وہ سب
فاصلوں کی طوالت کا زہر
اور —— دھڑکتے ہوئے دل کی اِک آرزو
اپنے سارے خزانوں کا منہ کھول کر

سرد، کانٹوں سی چبھتی ہوئی تلکیوں میں
حرارت کی شیرنی تقسیم کرتی رہی !

زہر جب فاصلوں کا ہوا ختم تو
اس نے دیکھا کہ ___ وہ ___
اک کھنڈر کی پناہوں میں تھا
سرد چبھتی ہواؤں کی باہوں میں تھا
گو کہ ___ قدموں میں اس کی نہ تھی تاب ___ پر
اس کی آنکھیں کھلی ___ تک رہی تھیں کہیں دُور،
کتنے ہی کیلومیٹر دور پر
اِک مکاں
کہ ___ جہاں کچھ مکیں
مضطرب ، مضطرب
اس کا ہی راستہ تک رہے تھے ۔

کچھ صدی بعد

جب اس کھنڈر کی کھدائی ہوئی
ایک انسانی پنجر بھی پایا گیا
پھر نمائش میں اس کو لگایا گیا
خاص کر اس کی آنکھیں تماشہ بنیں
سال خوردہ سے پنجر کی آنکھوں میں تھی
زندگی کی رمق

اس سے زیادہ پُر اسرار تو،
اس کی کالی ـــــ سیہ پسلیوں پر ٹنگی
اک مکاں، کچھ مکینوں کی تصویر تھی ـــــ !!

۷

سُرخ چمکیلی تھالیوں میں ،
کب کا لونا لگا ہوا ہے
بانس ــــــ جس پر یہ چھت کھڑی ہے
گھن لگے کھوکھلے ہیں ــــــ ان میں
دیمکوں کی غذا نہیں ہے
اور ــــــ بند کمرے کی ساری دیواریں
ننگی اینٹوں کی بے حیائی پہ رو رہی ہیں ــــــ

بال و پر کا نہ دان لے لیں
چمچماتی سنہری پنجڑے کی تیلیاں ،

سیاہی بردوش منتوں پراذانِ صبح کا گمان کیوں ہو
یہ نغمگی پسلیاں ہیں ـــ ان پر دھیان کا قافلہ نہ پھسلے
قدم نہ پکڑیں
خـــزاں رسیدہ ،
یہ زرد لمحوں کے سوکھے پتوں کی بلبلاہٹ ۔

نا ـــــ
اپنی آنکھیں نہ بند کرنا
اپنے کانوں سے اپنی تم انگلیاں ہٹالو
یہ بزدلی ہے۔
شکست وخوف وہراس کی یہ علامتیں ہیں۔

کلنـــڈری یہ زمین ،
سرخ وسیاہ دلدل سے بھر چکی ہے
ہزار بھٹکے مسافروں کی ،
قـــدم قدم پر ہیں تازہ قبریں

جن کی شاہد ہیں ــــ چونٹیوں کی یہ سب قطاریں۔

تمہیں نہ آنا تھا اس زمیں پر
ابھی بھی موقع ہے ــــ جاگ جانے کا
اِن کی مُٹھی کے قید خانے کی زندگی سے ،

دور ایک سرزمین اپنے کسی کو ملبس کی منتظر ہے ــــ

۸

وہ برہنہ
جسے لوگ پاگل سمجھ کر
تماشہ بنائے کھڑے ہیں بہت دیر سے
اس کی بیہودہ شہوانیت سے بھری حرکتوں میں
مزہ لے رہے ہیں —
وہ پاگل —— کچکچا کر
اپنے دانتوں کو اپنے ہی عضوِ بدن پر گڑا دیتا ہے
نوچ لیتا ہے اِک لوتھڑا گوشت کا
اور رِستا لہو،
چاٹتے، چاٹتے رونے لگتا ہے جب پھوٹ کر
تالیوں کی دبا پھیل جاتی ہے اس بھیڑ میں۔

اس عجوبہ تماشہ سے آنکھوں کو جب سینک کر
تماشائی اپنے گھروں کو گئے
آئینہ دیکھتے ہی وہ سب زلزلے میں کھڑے رہ گئے
کہ —— ان کی گردن پر
ان کا اپنا نہیں
ایک بیہودہ پاگل کا چہرہ دھرا تھا۔

۹

پہاڑوں کے اس پار کیا ہے ؟
ہمیں علم ہوتا تو کیسے
پرکھوں کی باتوں پہ کامل یقین رکھتے تھے
کہ ــــ وہاں
بھوتوں، عفریتوں اور کالی روحوں کا ڈیرا ہے
یہ ــــ احتیاطاً
کسی کو ــــ پہاڑوں کے اس پار جانے نہیں دیتے تھے
کہ ــــ بھوتوں، عفریتوں اور کالی روحوں کو
ان کی موجودگی کا پتہ نہ لگے۔

آخرش،
اک زمانہ کے بعد
ان میں پیدا ہوا

اِک نڈر اور مہم جو — جیالا جواں ،
جو — نگہبان آنکھوں سے بچتا ہوا
ایک شب — اِک پہاڑی کے اُس پار اُتر ہی گیا۔
پَو پھٹی
دوسرے دن کا سُورج اُگا
سارا منظر جگا
اس نے دیکھا —
پہاڑوں کے اِس پار بھی
اس کے ہی ڈیل ڈول،
اس کے ہی رنگ و رُوپ ،
اس کے ہی چہرے مہرے سے انسان تھے۔
وہ بہت خوش ہوا
کہ چلو —
اپنے لوگوں سے چل کر کہیں
ان پہاڑوں کے اس پار بھی
اُپنے ہی جیسے لوگوں کی آبادی ہے

وہ مڑا
پر ذرا سا ہی اُوپر چڑھا کہ
ادھر سے گذرتے ہوئے
ایک رہ گیر نے
اس کو للکارا ـــــ آواز دی :

"اے ـــــ کیا تم نہیں جانتے ؟
ان پہاڑوں پہ چڑھنا بڑا جرم ہے
اس کے اُس پار
بھوتوں ، عفریتوں اور کالی روحوں کا ڈیرہ ہے۔"

١٠

اِس برفانی سردی میں تو
مسجد کے بند دروازے پر
کھڑا کھڑا کیوں کانپ رہا ہے
لے ـــــ مجھ سے
ماچس کی تیلی
آگ لگا دے
اِس مسجد کو
اور ـــــ رگوں میں گرمی بھر لے !

١١

نرم نرم،
فرشِ مخملی پہ چھاؤں
سبز سبز پیڑ کی
رس بھرے پھلوں کی بوجھ سے لٹکتی ڈالیاں
رنگ رنگ پھولوں کی ملی جلی مہک
ٹھنڈی ٹھنڈی سی پھوہار
آبشار

کلپنا ہی کلپنا ہے
اس سلگتی ریت پر۔

۱۲

اک کھلونے کی طرح
چاہتوں کی بیٹری[۱] کے زور پر
روتے بابا لوگوں کو ،
منایا تھا ـــــ ہنسایا تھا
کل ـــــ وہ جن کو ہم نے اپنے پیروں سے چلایا تھا
ہاتھوں سے اٹھایا تھا
آنکھوں سے دکھایا تھا۔

آج ان کی انگلیاں پکڑ کے چل رہے ہیں ہم - !

۱ BATTERY.

۱۳

اپنا اپنا چہرہ،
بے چہرگی کے خول میں چھپایا اور ـــــ
اک تماشہ گھر میں ہم ـــــ تماشہ گر بنے۔
منظروں سے پہلے،
پس منظروں کے ساتھ ساتھ
ہم بدل بدل گئے
تماشبیں کے ذوق پر
فن ہمارے ڈھل گئے۔

تالیاں بجا کے جب
ہتھیلیوں میں سُرخیاں سمیٹ کر
تماش بیں چلے گئے
تب ہمیں پتہ لگا:
دونوں ایک دوسرے کو جان کر فریب دے رہے تھے
دونوں ایک دوسرے سے جان کر فریب کھا رہے تھے۔

۱۴

دل و دماغ،
پتھروں کے گھونسلے
جن میں گھوم گھوم کر
سفید خوں ـــــ سیاہ خوں
سازشوں کے انڈے دیتے رہتے ہیں۔

۱۵

آدمی کے خول میں
سب اَدھورے آدمی

پیلے پیلے چہروں پر ہیں
پھیکی پھیکی سُرخیاں لئے ہوئے ،
پھُوٹے پھُوٹے گال —— گالوں پر
دھنسی دھنسی سی آنکھیں —— آنکھوں میں
لہلہاتے خوابوں کی ہیں کھیتیاں —— کھیتوں کو
ڈھنک چکی ہیں کالی پتلیاں - !

۱۶

مٹھی مٹھی بھر کر سورج
چھڑک گیا اُجیارا
جاگا شہر بھی سارا

رات کے کالے دھبے دھوکر
زردی مائل بدن کو اپنے
پھولوں والے کپڑوں،
گندے پیروں کو نیلے جرابوں،
مجرم ہاتھوں کو سادے دستانوں سے ڈھانکا،
الماری سے ہلکی ہلکی ہنسی نکالی
ادھڑے ادھڑے ہونٹوں پر چپکائی
وحشی آنکھوں پر بھورے شیشے کی آنکھ لگائی
اور شکر کی ڈلی چباتا،
میں بھی باہر آیا ——

مٹھی مٹھی بھر کر سورج
چھڑک گیا اُجیارا
جاگا شہر بھی سارا۔

بیٹ جنریشن کی دو نظمیں

۱

کولتار کی چیچک زدہ سینوں پر کھانستی ——
کالی کھانسی
چار ٹانگوں والی —— خوفزدہ مکڑیاں
اپنی کوکھ میں —— "بستر بستر" چھپتے '
دو پیروں والے جانور لئے
پریشاں حال
بگٹٹ — اِدھر اُدھر بھاگ رہی ہیں
ان کو ادنیٰ سے اشارے پر رد کرنے والا —— ٹی-پی"
ان سے کہیں زیادہ خوفزدہ ہے۔
یوں تو اس کے چاروں طرف
بکھرے ہوئے ریوالور لئے
وہ جوان پہرہ دے رہے ہیں
جو کبھی ہماری سرحدوں کے محافظ تھے
مگر آج —— اپنی جان بچانے کی فکر میں ہیں۔
ان کی ڈیوٹیاں
اب دیش بندھو پر نہیں

دیش بندھو کی اونگھتی ہوئی مورتیوں پر لگی ہیں ـــــ

دو غلے لیڈروں کے اشاروں پر
ناچنے والا ـــــ احمق مزدور
سیاسی شطرنج کا مہرہ بنا
سکندر کی سی معمولی خواہش پر قربان ہو رہا ہے
اُپنے سوکھے ہاتھ میں :
سوکھے جسم کی ساری قوت سے اٹھائے
چار کیلو کا ڈنڈا۔
جس پر دو بالشت کا اس کا اپنا ہی چیتھڑا
اس کے اپنے ہی خون سے رنگا ـــــ جھول رہا ہے
جو اندھوں کی طرح آگے چلنے والوں کے پیچھے
پگھلی ہوئی پیچ پر
ننگے پیر
بوڑھے کچھوے کی طرح رینگ رہا ہے۔
اور ـــــ گونگوں کے لگائے ہوئے نعروں کے ساتھ
اپنی ٹی، بی کے جراثیم سے بھری آواز
اچھال رہا ہے۔

اُدھر بیٹ کنٹسٹ (BEAT CONTEST) میں،
غیر مانوس سازوں پر
کتوں کی طرح بھونکتے ہوئے
اجنبی مخلوق ـــــ اجنبی آوازوں میں
وہ گیت گا رہی ہے
جو صدیوں پہلے ہمارے پرکھوں نے
کسی گہرے غار میں،
جنگلی جانوروں کو بھگانے کے لئے گائے ہوں گے۔

"انقلاب بندوق کی گولی سے آتا ہے" (تاریخ گواہ ہے)
"چین کا چیئرمین ہمارا چیئرمین"
"ماؤزی تنگ لال سلام"
"لانگ مارچ آف ماؤزی تنگ"
اور دیواروں پر بنائی گئی ـــــ ماؤ کے بڑے بڑے چہرے پر
پھولی ہوئی ناک ـــــ
ہزار لیپا پوتی کے باوجود جھانک رہی ہے
یوں تو اس ناک کو مٹانے کی ہر ممکن کوشش کی گئی
بیلوں کی جوڑی دوڑائی گئی

سُرخ ٹرنگل کے نشان بنائے گئے
"بس دو یا تین بچے" کی سُرخی بوئی گئی
مگر وہ ناک ـــــــ اور بھی نمایاں ہوتی گئی

ہاں ـــــــ!
میں بھی اسی ناک کا ایک بال ہوں
تم مجھے تخریب پسند، غدار اور نکسل بھی کہہ سکتے ہو
ویسے کان کھول کر سن لو:
میں نرودھ کی کسی جھلّی میں سوکھا نہیں ہوں

پیدا ہوا ہوں
اور میری ٹانگوں کی جڑوں کے ذرا اُوپر
ایک پیٹ بھی ہے۔
جسے بھرنے کے لئے
آج سے صدیوں پہلے کی طرح
میں ـــــــ چار پیروں والے نہیں
دو پیروں والے جانوروں کا شکار
شروع کر چکا ہوں۔

میں چاہتا ہوں کہ ـــــــ

تم بھی چار پیروں سے چلنا شروع کردو
یا میری طرح
اٹھا لو اپنے ایک ہاتھ میں
دھماکہ پیدا کرنے والا
" سوکھا رَس گلہ"
اور دوسرے ہاتھ میں
تیزآب سے بھرا کٹورا
اور الٹ دو " ان " کے کالے چمڑے پر
تاکہ ——— کالے چمڑے کے نیچے
اسپنجی چربیوں میں دھنسا
ان کا فرعونی چہرہ ننگا ہو جائے۔
کیونکہ اب ہمارے پاس ایسی کوئی عمارت نہیں ہے
جس کا نام ہم شہید مینار رکھ سکیں ———!!

۲

گلوب پر جو ایک بڑا سا جزیرہ ہے
ہم —— اسی جزیرہ کے باشندے ہیں
یہاں کبھی ایک سونے کی چڑیا بیٹھا کرتی تھی
جو بیچ دی گئی ہے
اس کی جگہ ایک سفید بگلے نے لے لی ہے
جو خلیج بنگال اور بحیرۂ عرب میں
اپنی نوکیلی چونچ ڈال ڈال کر
ننھی ننھی مچھلیاں کھایا کرتا ہے

ہمارے جزیرے پر جس سادھو کا قبضہ ہے
اس نے اپنے ترشول کی تینوں انیوں پر،

تین الگ الگ رنگ چڑھا رکھے ہیں
تاکہ ــــــ ہمارے خون کا دھبہ جھلک نہ پڑے
مگر ــــــ ہماری ناک
اپنے خون کی بُو سونگھنے کی قوّت سے ابھی محروم نہیں ہوئی ہے۔

ٹسٹ ٹیوب سے بچّہ پیدا کرنے والی مائیں
دردِ زہ کی لذّت سے ناآشنا رہتی ہیں
ان سے ممتا کی امید رکھنی فضول ہے۔

ہماری فطرت ہے
ہم نے پیدا ہوتے ہی
ہاتھ پیر چلا کر اپنی زندگی کا ثبوت دیا ہے
تاریخ شاہد ہے ــــــ ہم بہادر ہیں
اور ہر ادنیٰ و اعلیٰ شے ہم نے لڑ کر حاصل کی ہے
ہاتھ پھیلا کر نہیں۔

پھر یہ بھیک میں مانگی ہوئی آزادی
ہماری کیسے ہو سکتی ہے ؟

ابتدائی زمانوں میں
ہم پیٹ کی آگ ـــــ قوت بازو سے شکار کئے ہوئے
جانوروں سے بجھاتے تھے
(کسی کے آگے پیٹ نہیں بجاتے تھے)
اور شام کو ـــــ الاؤ کے گرد جمع ہو کر
اپنی توتلی زبانوں سے
دن بھر کی دلیرانہ داستانیں سناتے تھے
جو سچی ہوا کرتی تھیں ۔
مگر آج ـــــ !
ہم اپنی ۲۷ ستائیس سالہ بزدلی کی داستان سنا کر
اپنی آنکھیں بھیگو رہے ہیں ۔

اگر تھوڑی دیر کے لئے
ہماری زبانیں اپنی چٹکی سے آزاد کردو
تو —— ، ہم کہہ سکیں کہ تمہاری خریدی ہوئی
بدنما اور سیاہ انگلیوں سے کہیں اچھی
وہ سفید انگلیاں تھیں
جو بندوق کے گھوڑوں پر اس وقت دباؤ ڈالتی تھیں
جب ان کا شکار توانا ہوا کرتا تھا ،
اور —— تمہاری خریدی ہوئی
سیاہ انگلیاں
ہمارے کھوکھلے جسموں میں سیسہ پلا رہی ہیں
جن کی شہ رگ پر
اپنے پیلے دانت گڑا کر
تم نے پہلے ہی سب رس چوس لئے ہیں ۔

•

صرف راجدھانی دیکھ کر لوٹ جانے والے
ڈیزیٹرز —— تم نے ہمارا دیش نہیں دیکھا
اس لئے تم خوش فہمی میں مبتلا ہو
ہماری آزادی اور خوشحالی کی خبریں

جو تم تک پہنچی ہیں
وہ جھوٹی ہیں ———
ہمارا دیش آج بھی غلام ہے -

فربوز کے چکنے فرش پر رقص کرتی
اشفالی کے ننگے جسم سے زنا کرنے والی
یہ آنکھیں ——— ہماری نہیں ہیں
سوناگاچھی کی مخملی سیڑھیوں پر
بے حیائی سے چڑھنے والے
یہ پیر ——— ہمارے نہیں ہیں
فلک بوس - ایئرکنڈیشن عمارتوں میں رہنے والے
سُرخ و سپید،
پھول جیسے نازک چہرے ——— ہمارے نہیں ہیں
بلوفوکس، موگمبو، شیراز اور شہزاد میں جام ٹکرانے والے
یہ ہاتھ ——— ہمارے نہیں ہیں
یہ آنکھیں

یہ پیسہ

یہ چہرے

یہ ہاتھ

ان فرشتوں کے ہیں

جنہوں نے ہماری سونے کی چڑیا بیچ کر اپنی مٹھی گرم کرلی ہے۔

امن، اہنسا، عدم تشدد، اتحاد، سوشل اِزم اور جمہوریت کی

شوگر کوٹڈ پلز کھلا کر

تم نے ——— نا جانے کتنے

بھگت سنگھ، کھودی رام اور آزاد کو کائر بنادیا ہے

آج بھی ہماری کلائیوں سے آہنی زنجیروں کی جھنکار سنائی پڑتی ہے

آج بھی دار و رسن کو ہماری گردنیں مرغوب ہیں

آج بھی قید خانے کی فضا ہماری سانسوں سے مسموم ہے

آج بھی ہمیں دوسری سانس کیلئے تم سے اجازت طلب کرنی پڑتی ہے۔

آج بھی دودھیا صلیب ہمارے خون سے سُرخ ہے

آج بھی سُرخ سیب ہماری دسترس سے دُور ہے۔

آج بھی ہم کسی تحریک کا دم بھرتے ہوئے ڈرتے ہیں
آج بھی ہماری سُندر دھرتی تمہارے پالتو کتوں کے بوٹوں تلے
کراہ رہی ہے۔
ایسے عالم میں ہم کیسے کہہ دیں کہ ہم آزاد ہیں۔

ہمارے متعلق تمہیں سوچنے کی مہلت کہاں ملتی ہے
تم ـــــ مٹی کی گرمی کے نشہ میں سرشار ہو
اور تمہارے گرد ـــــ ان کی بھیڑ ہے
جو صرف دُم کے استعمال سے واقف ہیں
مگر ہمیں اپنے دانتوں کی مضبوطی اور تیزی پر غرور ہے
تم کو اس دن سے ڈرنا چاہئے جب ہم کاٹنے پر آجائیں گے۔

تم نے ہمارے چہرے چھین لئے ہیں
تاکہ ـــــ ہماری پہچان مٹ جائے
ہماری اُنگلیاں تراش لی ہیں اور صرف انگوٹھے چھوڑ دئے ہیں

تاکہ —— ہم صرف تمہاری مشینوں کے بٹن دبا سکیں
ہمارے پیر کاٹ لئے ہیں اور ان کی جگہ چکّے باندھ دیئے ہیں
تاکہ —— ہم ہمیشہ گردش میں رہیں۔
ہمارے پیٹ گروی رکھ لئے ہیں
اور راشن صرف زندہ رہنے کیلئے دیتے ہیں —— پیٹ بھرنے کیلئے نہیں
ہمارے بدن اس لئے ننگے نہیں ہیں
کہ ہم —— ہر موسم کے عادی ہیں
بلکہ ہمارے کپڑے چھین لئے گئے ہیں
ہماری آنکھوں پر وہ عینک چڑھادی گئی ہے
جو —— اڑیل گھوڑوں کی آنکھوں پر باندھی جاتی ہے
تاکہ وہ دائیں بائیں نہ دیکھ سکیں۔

اب ہم جمع ہو رہے ہیں
ناریل کے درختوں کے نیچے
آموں کی کنج میں
برگد کے سائے میں
ان کی تجوریوں سے

اپنی پہچان واپس لینے کے لئے ۔

تم بغاوت کے جرم میں
بے شک ہمیں قتل کر سکتے ہو
کیونکہ تمہارے پاس دینے کیلئے موت کے سوا اور رکھا ہی کیا ہے
مگر یاد رکھو ـــــــــ
ہم اپنی نسل کے ہراول دستہ ہیں
ہمارے عقب میں جو فوج آرہی ہے
وہ تم سے ان ستائیس برسوں کے ایک ایک پل کا حساب لے گی
تم یہ نہ سمجھنا کہ ہم بھی لالچی لیڈروں کی طرح
تمہاری پھینکی ہوئی ہڈی ،
بھوکے کتوں کی طرح دانتوں میں دبا کر خوش ہو جائیں گے
ہم آرہے ہیں اپنی امانت واپس لینے کے لئے
اپنا پورا کا پورا دیش واپس لینے کے لئے ـــــــــ

ہم جمع ہو رہے ہیں
ناریل کے درختوں کے نیچے
آموں کی کنج میں
برگد کے سائے میں
تمہاری پہنائی ہوئی عینک اُتارنے کیلئے
ہم ——
اپنی مٹھی کی گرفت سے تمہاری
پسیجی ہوئی سرد انگلی چھوڑ آئے ہیں
ہم ——
تمہارے دیئے ہوئے
چابی والے کھلونے کی ہر اسپرنگ سے واقف ہو چکے ہیں۔
تمہاری چارج کی ہوئی بیٹری دم توڑ چکی ہے۔
اب تم —— ہماری انگلیاں پکڑ لو
ہم —— تمہارے بتلائے ہوئے راستوں کے علاوہ
بہت سارے راستوں سے واقف ہو چکے ہیں
ہمیں معلوم ہو چکا ہے کہ ہمیں
کس اسٹاپ پہ رکنا ہے

کہاں بریک لگانا ہے
کہاں گیر بدلنا ہے
اسٹیرنگ کس موقع پر کس طرف موڑنا ہے
تمہارے چورستوں کی
یہ سرخ ، زرد اور سبز روشنیاں
ہمیں رکنے اور چلنے پر مجبور نہیں کر سکتیں
ہم اب ـــــ تمہارے سگنل کے محتاج نہیں ہیں
ہم جمع ہو رہے ہیں
ناریل کے درختوں کے نیچے
آموں کی کنج میں
برگد کے سائے میں
اپنی آزادی کی جنگ تیز کرنے کیلئے
اپنی آزادی حاصل کرنے کے لئے ـــــ !

غزل

۱

جو چہرے کے باہر ہے وہ اندر نہ ملے گا
چٹکی میں سمندر کی سمندر نہ ملے گا

دُکھ ہوگا سوا دکھ کو نمائش میں سجا کے
ہر چہرہ پہ ہمدردی کا لشکر نہ ملے گا

سوکھے ہوئے تالاب کی کیا جیب تلاشی
صدیوں کا وہ پھینکا ہوا پتھر نہ ملے گا

وہ کتنی دفعہ توڑ کے پھر جوڑا گیا ہے
انگشتِ نظر سے تمہیں چھو کر نہ ملے گا

آنکھوں کو کہیں دُور خلاؤں میں نہ اچھالو
کھویا ہوا سپنوں کا سمندر نہ ملے گا

۲

موسیٰ کی طرح ہم بھی بہادیں گے کسی کو
فرعون کے محلوں میں پلا دیں گے کسی کو

خود جن کی ہتھیلی میں ہوں سوراخ ہزاروں
وہ دینا بھی چاہیں گے تو کیا دیں گے کسی کو

جب چبھنے لگے گی یہ گھنی چپ کی اداسی
پھر چیختے رہنے کی سزا دیں گے کسی کو

خوشبوئے بدن سے مری ، مانوس بہت ہے
اب اس کے تعاقب میں لگا دیں گے کسی کو

وہ نیند چرانے کا ہنر سیکھ رہے ہیں
ہم نیند نہ آنے کی دوا دیں گے کسی کو

سرتا بہ قدم آئینہ دَر آئینہ خانہ
ہم آپ کا ہر چہرہ دکھا دیں گے کسی کو

ہم کون ہیں ، کیا ہیں ، یہی معلوم تو کرلیں
تم کون ہو ، یہ راز بتادیں گے کسی کو

۳

(بنگلہ دیش ، منظر —— پس منظر)

سوکھے پتے سوکھی ٹہنی ٹھنڈے پھل کا بار لئے
اونگھ رہے ہیں جنگل جنگل سوکھے اپنے اشجار لئے
کرفیو پیچھے پیچھے ہے سناٹے کی سرکار لئے
آگے سڑکیں بھاگ رہی ہیں جسموں کا انبار لئے
ہار نہ کہنا یہ بھی ضد کی شاخوں کی ایک جیت ہوئی
تیز ہوا اب کے نکلی ہے ہاتھوں میں تلوار لئے
جشنِ شب کے بعد سحر کے سورج کی جب آنکھ کھلی
عریاں ساحل، چہرے پر تھا کوڑھ کے سب آثار لئے
لاکھ تلاشا ہم لوگوں نے پر نہ یہ اسرار کھلا
کیوں پاگل سا گھومے ہے وہ پرسوں کا اخبار لئے
کتنوں سے پڑھوانے پر بھی ممتا کو تشویش رہی
گھوم رہی ہے اب تک فوجی بیٹے کا وہ تار لئے
جشن منائیں یا دعوت دیں نوحہ گروں کو سوچو تو
لوٹے ہیں جانباز سپاہی سب سوکھی تلوار لئے

پھر کاغذ پر بنے گا اپنے گاؤں کا نقشہ سندر سا
پھر اک بابو گلیوں گلیوں گھومے ہے پرکار لئے
اندھیارے کے ساتھی سارے اجیارے میں حاکم تھے
ہم پر سب الزام تراشے ہم نے سب سہکار لئے

سوکھے ہونٹوں کے چلو پھیلائیں تو کس کے آگے
ساگر ہی جب جھیل رہا ہو سوکھے کا آزار لئے

۴

ٹکنے کا اب نام نہ لے ہے راہی چلتا جائے ہے
بوڑھا برگد اپنے سائے میں خود ہی شستائے ہے
بھینی بھینی مہوا کی بُو ، دُور گاؤں سے آئے ہے
بھولی بسری کوئی کہانی نس نس آگ لگائے ہے
اُلجھی سانسیں سرگوشی اور چوڑی کی مدھم آواز
پاس کا کمرہ روز رات کی نیند اُڑا لے جائے ہے
کم کیا ہوتی لجّا کی یہ دُوری اب تو اور بڑھی
دایاں گال چھپا کر اب وہ اور ادھک شرمائے ہے
جب سے سالا شہری بابو اپنے گاؤں میں آیا ہے
گوری کے کے بار کنویں پر پانی بھرنے جائے ہے
پورب، پچھم، اُتر، دکھن، اپنی مٹھی کے قیدی
یوں چوراہے کی تختی ہوں جو رستہ دکھلائے ہے

ہاتھ سے مچھلی پھسلے بیتا ایک زمانہ پر اب بھی
اپنی ہتھیلی سونگھے ہے جب ندی کنارے آئے ہے

کوئی شے ڈوبے تو دریا میں لہر جاگے ہے
کب اذاں مرغ کے دینے سے سحر جاگے ہے

کنکری مارے سے پانی میں اثر جاگے ہے
اک ذرا خواہشِ پرواز سے پَر جاگے ہے

ان کو ممبر کی بلندی سے تشفی نہ ہوئی
جن کی آواز پہ تحریک کا سر جاگے ہے

نیند کی کائی سے بوجھل ہے ہر اک آنکھ مگر
سنگ کے خوف سے شیشے کا نگر جاگے ہے

لذتِ درد، سمندر سے نہیں سیپ سے پوچھ!
جس کی آغوش میں قطرے سے گہر جاگے ہے

رنگ و روغن کے بدلنے سے بھلا کیا حاصل
ننھی کلکاریاں جاگے ہے تو گھر جاگے ہے

پھر کھنکھلنے کو ہے کیا خطۂ نادیدہ کوئی؟
پھر کفِ پا میں سرِ شوقِ سفر جاگے ہے

گھر کے پچھواڑے مہکتی ہوئی سرگوشی سے
کتنے بیتے ہوئے لمحوں کا کھنڈر جاگے ہے

ـہ میں رَوا سمجھتا ہوں۔

٦

اپنا سایہ دیکھ کر میں بے تحاشہ ڈر گیا
ہو بہو ویسا لگا، جو میرے ہاتھوں مر گیا

ہلکے سے، حسنِ تبسم کا بھی اندازہ ہوا
بوجھ سارے دن کا لیکر جب میں اپنے گھر گیا

پھل لدے اس پیڑ پر، پھر پڑ گیا پہرہ کڑا
پتیوں کو چومتا جب سن سے اک پتھر گیا

کچھ مکینوں میں عجب تبدیلیاں پائی گئیں
اس بڑی بلڈنگ میں جب کچھ روز وہ رہ کر گیا

تیلیوں کی سخت جانی اور مری جدوجہد
پھر کہاں پرواز کی خواہش رہے جب پر گیا

اپنی آزادی پہ میں اک چور کا مشکور ہوں
پیر جس چادر میں پھیلاتا تھا وہ لے کر گیا

۷

اکیلا پل کے عفریتوں کی صورت ٹوٹ پڑتے ہیں
وہ لمحے ہم جنہیں کچھ مصلحت سے قتل کرتے ہیں

نہ جانے کون سی شے اس کھنڈر میں رہ گئی دب کر
جسے گھر کے پرانے لوگ اکثر ڈھونڈا کرتے ہیں

بپھر تا ہے سمندر تو نگل جاتا ہے شہروں کو
اترتا ہے تو کچھ ڈوبے جزیرے بھی ابھرتے ہیں

بلندی سے اُجالا مانگنے جاتی رہی پستی
اندھیرا ڈھونڈھتے اب لوگ اُوپر سے اترتے ہیں

کہا جاتا ہے، برسوں پہلے ڈوبی تھی جہاں کشتی
وہاں، جھنڈی لگے دو ہاتھ رہ رہ کر ابھرتے ہیں

اندھیرا ہتے رہتے رہتی ہے اپنائیت جن میں
بڑے انجان لگتے ہیں وہ چہرے جب سحرٹ تے ہیں

نکل کر دیکھئے ان رنگ برنگے کیپسولوں سے
کہ چہرہ سامنے رکھ کر اب آئینے سنورتے ہیں

کہاں تک ایسے نادانوں کی نادانی پہ ماتم ہو
جو قینچی ہاتھ میں لے کر ہوا کے پر کترتے ہیں

ٹ میں ذرا مجھتا ہوں۔

۸

رس بھرا ہو تو کسی طرح سے کھایا جائے
ان کے آنگن سے پکا آم چرایا جائے

خون کو اور ذرا گرم بنایا جائے
دوڑ کر دور بہت دور سے آیا جائے

فصلِ گل نذرِ خزاں ہو بھی تو حسبِ معمول
سوکھی شاخوں کو اسی طرح ہلایا جائے

اتنا رویا ہوں کہ پلکوں کا بدن گیلا ہے
ہنستے ہونٹوں کی حرارت سے سکھایا جائے

اب تو اک بال کی دوری نہیں منظور مجھے
نام پر ان کے مرا نام کھدایا جائے

آدمی پورا ہے پر عکس ادھورا کیوں ہے؟
کون ہے چور؟ اسے سامنے لایا جائے

تم ہی دلہن کو بٹھانے کی نکالو صورت
اب کہانی کو نئے موڑ پہ لایا جائے

۹

پیت نگر کی نگری میں تھے اونچے نیچے ٹیلے
ہر ٹیلے کی آڑ میں مجھ کو سانپ ملے زہریلے

نینوں والی اندھی نگری میرا دکھ نا جانے
اس بستی کے سارے باشی ممدّ شاہ رنگیلے

یادوں کا ہر گھاؤ دکھے جب سپنا ایسا آئے
پیڑ تلے وہ سنگ، سہیلی آنکھ مچولی کھیلے

باسی باسی مکھ پر سب کے پیاسی پیاسی انکھیاں
سوکھی سوکھی دھرتی اوپر بادل گیلے گیلے

سندر سندر لوگوں کی اس بھیڑ میں آکر جانا
اودے نیلے کپڑوں میں ہیں سب کے تن نوکیلے

دیوی جیسی لڑکی گونگی ہو جائے تو اچھا
اتنے سندر ہونٹوں پر ہیں بول بڑے زہریلے

گاؤں کے باشی باہر بھیتر دونوں ایک سمان
شہر کے باشی باہر سے خوش اندر سے دردیلے[1]

ہاتھوں کے اس شہر میں آکر ہاتھوں کو کھویا
گاؤں کی سوندھی مٹی کی جو باس سے تھے مہکیلے[2]

[1]، [2] میں روا سمجھتا ہوں۔

۱۰

ردائے آہنی ہر آدمی کے سر پہ ہے
کہ جیسے سنگ کی بارش اسی نگر پہ ہے

نہ کھوجو! مٹھی میں اُنگلی کسی کی ہم سفرو
ہمارا قافلہ انجانی رہگذر پہ ہے

بچا رہا تھا جو کل رات کالی آندھی سے
وہ پھل چڑھا ہوا ہر شخص کی نظر پہ ہے

وہ کون روئی تھی کاجل لگا کے آنکھوں میں
یہ دھبہ دھبہ سیاہی رُخِ سحر پہ ہے

شکستہ حالی پہ ہر اینٹ جن کی ہنستی ہے
انہیں غرورِ اسی ٹوٹے پھوٹے گھر پہ ہے

کب احترام کی خاطر جھکی مری گردن
کہ اک لٹکتی سی تلوار میرے سر پہ ہے

صدا لگا کے کبھی کا چلا گیا کوئی
یہ بازگشتِ صدا کیوں تمہارے در پہ ہے

ذرا پتہ تو لگائیں، لہو ہے کیوں تازہ؟
جو اک زمانے سے محلوں کے اس کھنڈر پہ ہے

چھپائے رکھنا تھا ایسے خوشی کے موقع پر
وہ ایک داغ جو پیشانیٔ ظفر پہ ہے

بڑا ہی خوف لگا رہتا ہے پھسلنے کا
سفر ہمارا ابھی گیلی رہ گذر پہ ہے

میں جھوٹ کیسے کہوں، سچ تو کہہ نہیں سکتا
کچھ حاشیہ بھی لگا رات کی خبر پہ ہے

۱۱

اسی کی نیند کا میٹر گھٹا کے آئی رات
کہ جس کو شیش محل میں سلا کے آئی رات

کھلی تھی کھڑکی مگر نیند کا گذر نہ ہوا
نا جانے کون سی خوشبو لگا کے آئی رات

بلک کے خوف سے بچے پڑوس کے روئے
بدن پہ اپنا ہی چہرہ سجا کے آئی رات

تپا تپا ہوا بستر، زمین ، دیواریں
ہمارے کمرے میں سورج چھپا کے آئی رات

چمن چمن کے پرندوں میں خوف پھیل گیا
نہ جانے کون سا جنگل جلا کے آئی رات

صدا اذان کی گونجی بڑی کراہ کے بعد
کسی کو درد کی لذت چکھا کے آئی رات

سڑک سڑک ہے اداسی گلی گلی ماتم
کہاں سے خون کی ہولی رچا کے آئی رات

پتا لگا، وہ نڈر بھی ہے باشعور بھی ہے
جب اپنے پیر کی آہٹ دبا کے آئی رات

۱۲

بدن کسنے لگا ہے تنگ جامہ پھاڑ ڈالیں گے
اندھیرے کے گھنے سائے سے ہم بازو نکالیں گے

چلو ساحل سے ہم طوفان کی سوغات چن لائیں
وگرنہ لوگ ہم سے پہلے وہ تحفہ اٹھا لیں گے

توجہ کی نظر میری طرف بھی شیشہ گر ورنہ
ہم اپنا نام پھر پتھر پہ لکھ لکھ کے اچھالیں گے

بخوفِ نسلِ آدم آئے جنگل کی پناہوں میں
یہاں بھی ڈر ہے جنگلی بھیڑیوں کے غول آئیں گے

خیالوں کو پنپنے کی اجازت گر نہیں دو گے
تو ہم خوابوں کا زندہ شہر کاغذ پر بسا لیں گے

ہمارے خون کی بو دستِ قاتل میں کہاں ہوگی
وہ بعد از قتل اپنے ہاتھوں میں مہندی لگا لیں گے

تمہیں تو بند رکھنے ہیں ابھی سختی سے دروازے
وہ انسانی سروں کو اب سرِ نیزہ اچھالیں گے

—SHAMIM ANWAR.

COUNSEL

In this icy cold night
Why are you shivering
At the closed gate of the temple?
Take this match-stick from me:
Set fire to the temple
And infuse your veins with heat.

Translation :
IQBAL KRISHN